او لازم نبود مدت زیادی منتظر بماند. همینکه ساندویچش را گاز زد، دندانش افتاد.

ساهر با سربلندی گفت: "آهای بابا، حالا من مثل او شده‌ام."

پدرش با لبخند گفت: "خوب، دستکم **شما** دندان تازه‌ای درمی‌آورید."

He didn't have to wait long. Just as he bit into his sandwich, out came his tooth.

"Hey Dad, I look just like him now," said Sahir proudly.

"Well at least *you* will grow a new tooth," said Dad, with a smile.

"ما باید پیش دندانپزشک برویم تا مطمئن شویم دندانهایتان درست درمیآید."
پدر این را گفت و به دندانپزشک تلفن زد تا قرار ملاقاتی بگذارد.

"We should go to the dentist to make sure your new teeth are coming through OK,"
said Dad and he phoned the dentist for an appointment.

ساهر پیش دندانپزشک می‌رود

Sahir Goes to the Dentist

by Chris Petty

Farsi translation by Anwar Soltani

mantra lingua

ساهر ناله‌کنان گفت: "بابا، پس این دندان من کی میافتد؟"
پدرش جواب داد: "هر موقع که آماده افتادن بشود."
ساهر آهی کشید و گفت: "آه! که مدتها است اینطور است."

"Dad, when will this tooth come out?" groaned Sahir.
"When it's ready," replied Dad.
"Aww! It's been ages," sighed Sahir.

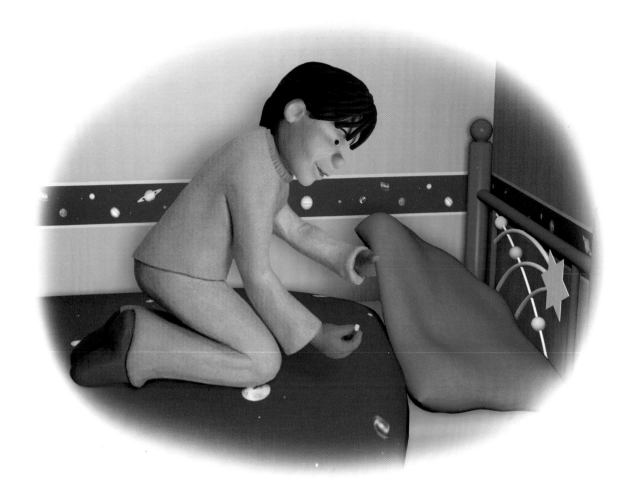

هنگام خواب ساهر دندانش را زیر بالش گذاشت.

At bedtime Sahir put his tooth under the pillow.

صبح روز بعد همانجا سکه براقی پیدا کرد.

ساهر فریاد زد: "میدانید چیست؟ فرشته دندان آمده است.

پدر، آیا میتوانید این سکه را برایم نگهدارید؟"

The next morning he found a shiny coin. "Guess what? The tooth fairy came,"
Sahir shouted. "Can you look after this, Dad?"

و گفت: "میروم یک بسته بزرگ شکلات بخرم."

"I'm going to buy a big bar of chocolate," he said.

روز بعد ساهر، یاسمین و پدر، همگی پیش دندانپزشک رفتند.

The next day Sahir, Yasmin and Dad all went to the dentist.

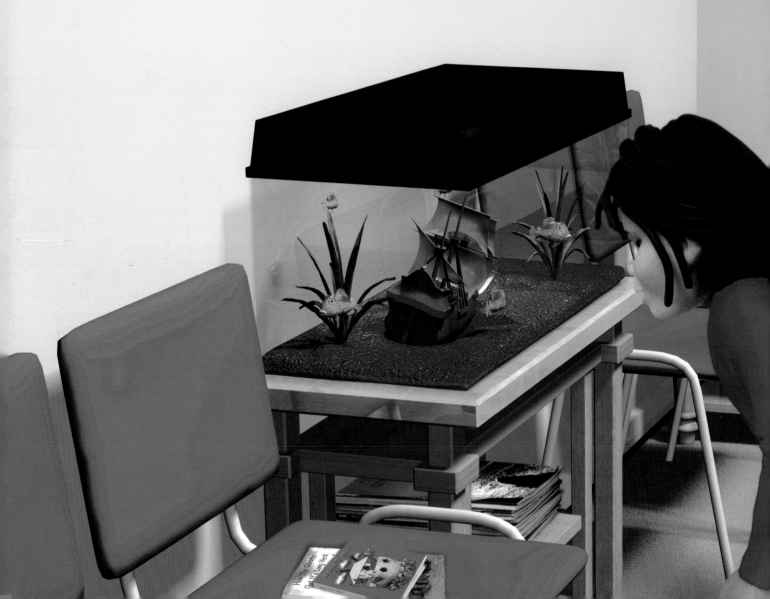

تا وقتی که دندانپزشک آماده بشود،
آنها در اطاق انتظار نشستند.

They sat in the waiting-room until
the dentist was ready.

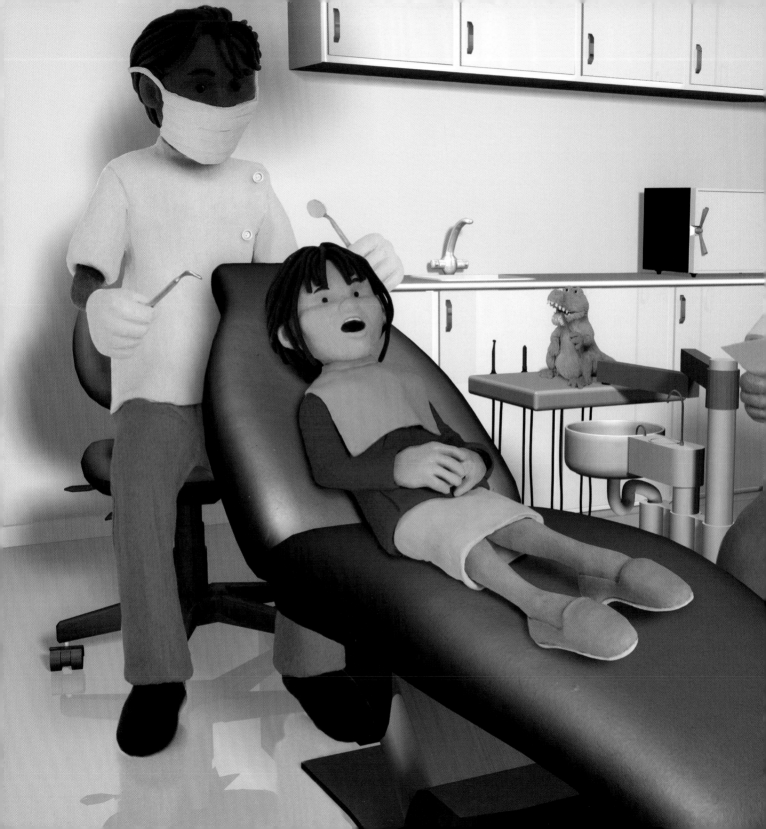

ابتدا نوبت یاسمین بود. دندانپزشک
دستکش و ماسک خود را پوشید.
آئینه کوچکی برداشت تا دندانهای
او را معاینه کند.
صندلی را به پشت خواباند و
دندانهای او را معاینه کرد،
در همانحال پرستار هم
یادداشت برمیداشت.

It was Yasmin's turn first. The dentist put
on gloves and a mask. He picked up a small
mirror to examine her teeth.
He tilted the chair backwards and checked
her teeth while the nurse took notes.

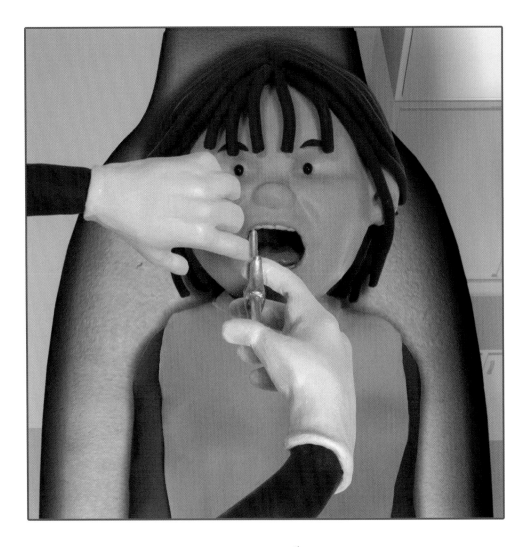

دندانپزشک در یکی از دندانهای آسیاب یاسمین سوراخی پیدا کرد و گفت:
«لازم است اندکی مواد پُرکردن دندان آنجا بگذاریم. من آمپولی به لثۀ شما
میزنم تا آنرا بیحس کنم و دردی احساس نکنید.»

The dentist noticed a hole in one of Yasmin's back teeth.
"We'll need to put a small filling in there," he said. "I'm going to
give you an injection to numb your gum so that it won't hurt."

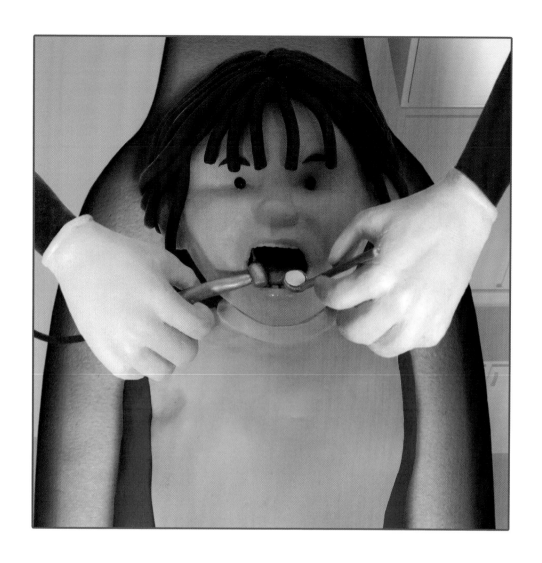

بعد دندانپزشک بخش فاسد دندان را با مته بیرون آورد.

Then the dentist removed the bad part of the tooth with his drill.

پرستار با استفاده از یک لوله مکنده دهان یاسمین را خشک نگاه میداشت.
لوله صدائی مانند صدای غرغره کردن میداد.

The nurse kept Yasmin's mouth dry using a suction tube.
It made a noisy gurgling sound.

پرستار خمیر ویژه‌ای درست کرد و آنرا به دندانپزشک داد.

The nurse mixed up a special paste and gave it to the dentist.

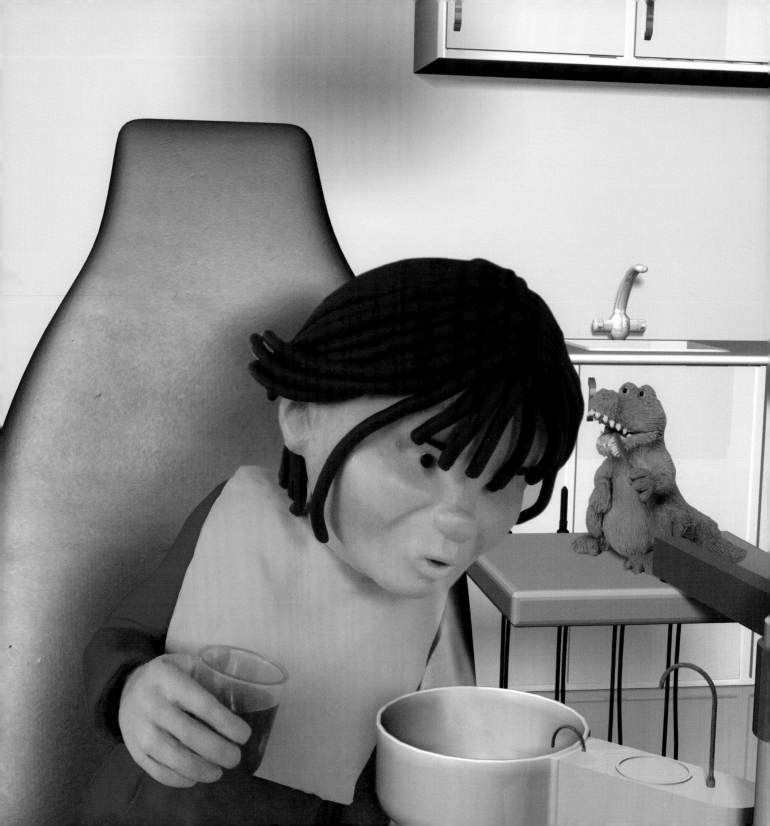

دندانپزشک سوراخ را بادقت پر کرد و گفت: "همین، تمام شد."
یاسمین دهانش را شستشو داد و داخل یک دستشوئی ویژه ریخت.

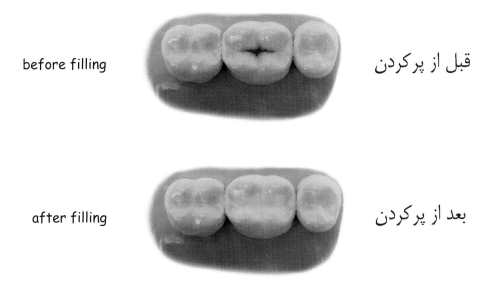

before filling   قبل از پر کردن

after filling   بعد از پر کردن

The dentist carefully filled the hole. "There you are, all done," he said.
Yasmin rinsed out her mouth and spat into a special basin.

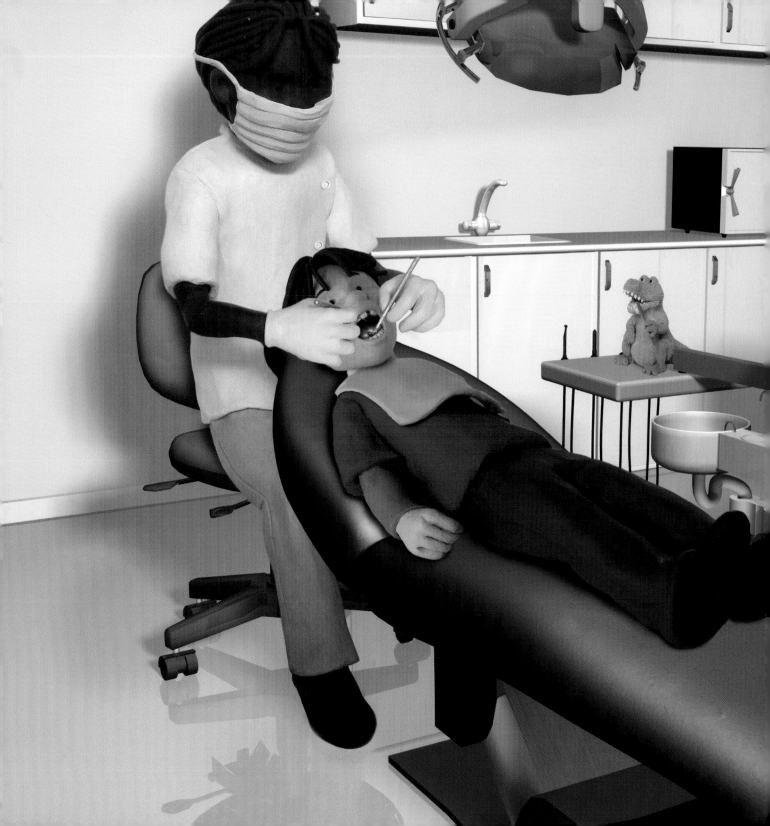

بعد نوبت ساهر بود.
دندانپزشک دندانهای او را
معاینه کرد و گفت: "خوب،
من سوراخی نمی توانم ببینم.
اما میبینم که دارید دندان تازه
ای درمیآورید."

It was Sahir's turn next.
The dentist examined Sahir's teeth.
"Good. I can't see any holes," he said.
"But I see you have new teeth coming through."

"We will make a model of your teeth so we can see more clearly how your teeth are coming through. Here's a model we made for a young girl."

"ما از روی دندانهای شما مدلی خواهیم ساخت تا با
دقت بیشتری ببینیم دندانهایتان چطور درمیآیند.
این هم مدلی است که برای یک دختر بچه ساختهایم."

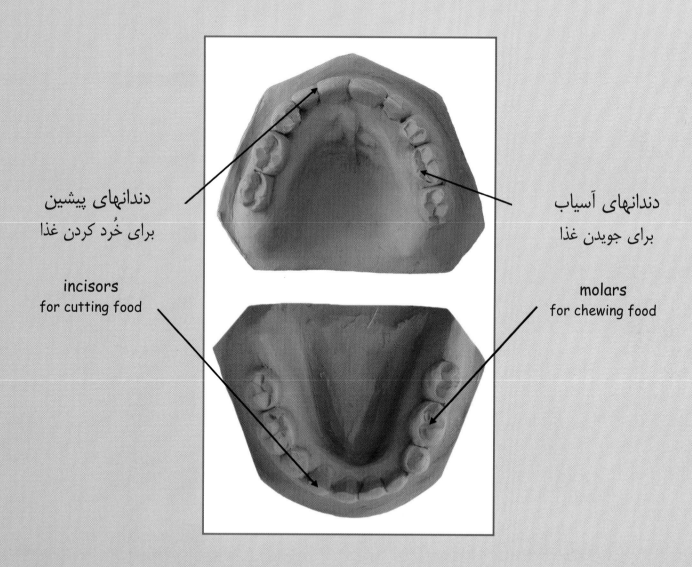

دندانهای پیشین
برای خُرد کردن غذا

incisors
for cutting food

دندانهای آسیاب
برای جویدن غذا

molars
for chewing food

او گفت: "دهانتان را کاملا باز کنید" و یک سینی کوچک پر از خمیر رنگی چسبناک روی دندانهای بالائی ساهر گذاشت. "حالا محکم فشار بدهید تا خوب جا بیافتد. " بعد آنرا از دهان ساهر بیرون آورد.

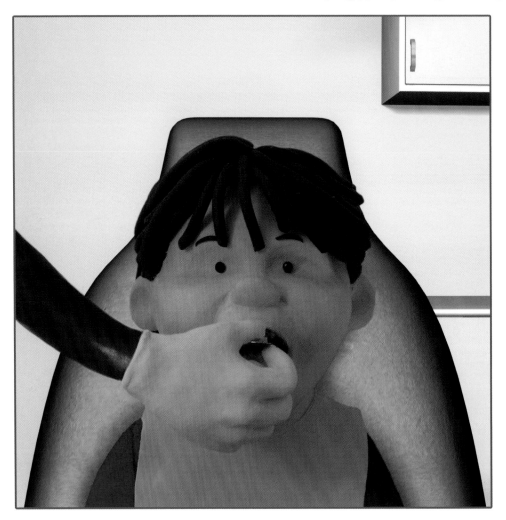

"Open wide," he said, and put a small tray filled with a gooey coloured dough over Sahir's top teeth. "Now bite down hard so that it sets." Then he removed it from Sahir's mouth.

دندانپزشک قالب آماده را به ساهر نشان داد و گفت: "ما این را به یک آزمایشگاه میفرستیم. آنجا، آن را با گچ پُر میکنند و از آن مُدلی میسازند."

The dentist showed Sahir the finished mould. "We send this to
a laboratory where they pour in plaster to make the model,"
said the dentist.

پس از آن یاسمین و ساهر به دیدن متخصص بهداشت رفتند.
او مسواکی به ساهر داد و گفت: ”بگذارید ببینیم چطور مسواک میزنید.“

Next Yasmin and Sahir went to see the hygienist.
"Let's see how you brush your teeth," she said, handing Sahir a toothbrush.

وقتی کار ساهر تمام شد، متخصص بهداشت یک قرص صورتی رنگ به او داد تا آنرا بجوَد و گفت: "همه آنجاهائی که مسواک نزدید مثل لکه‌های صورتی پُررنگ روی دندانهایتان نشان داده میشوند. "

When Sahir had finished, the hygienist gave him a pink tablet to chew. "All the places you missed with your toothbrush will show up as dark pink patches on your teeth."

او شیوهٔ درست مسواک زدن را روی یکدست دندان بزرگ به بچه‌ها نشان داد. ساهر باتعجّب گفت: "وای، اینها اندازه دندان دایناسور بزرگند."

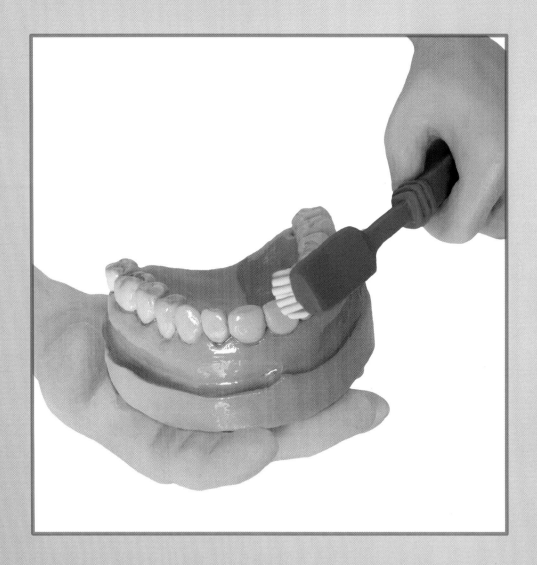

She showed the children the proper way to brush on a giant set of teeth. "Wow, they're as big as dinosaurs' teeth," gasped Sahir.

متخصص بهداشت گفت: "لازم است دندانهایتان را از بالا به پائین و از پائین به بالا مسواک بزنید. بعد هم دندانهای هر دو سو را از جلو به عقب مسواک کنید."

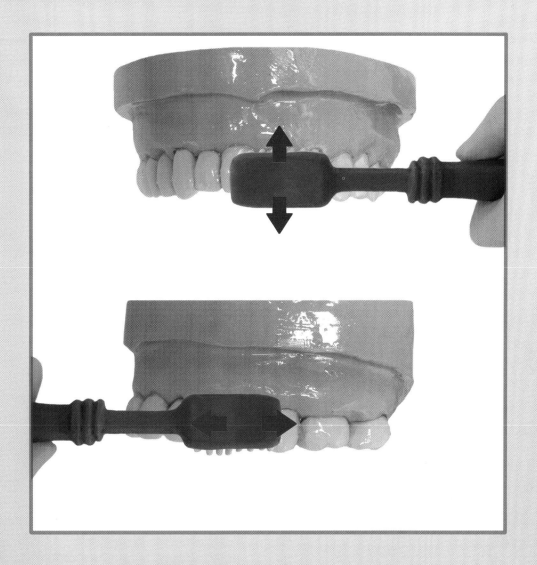

"You need to brush your teeth up and down. Then brush each side from front to back," the hygienist said.

او پوستری را به بچه‌ها نشان داد و گفت: "اسم این موجودات کوچکِ بد باکتری است که به دندانهای ما حمله میکنند. آنها شیرینی را میبلعند و اسیدی تولید میکنند که میتواند دندانهایتان را سوراخ کند."

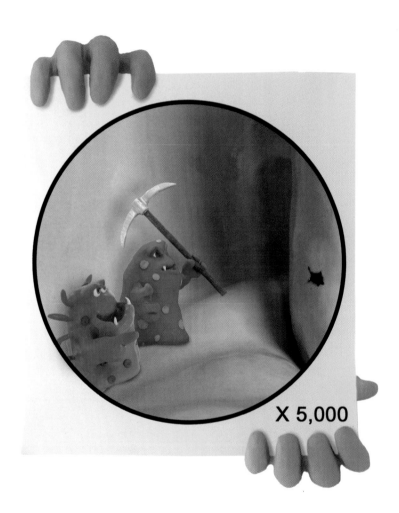

X 5,000

She showed the children a poster. "These tiny bad guys are called bacteria and attack our teeth," said the hygienist. "They gobble up sugar and produce acid. This can make holes in your teeth."

ساهر گفت: "اخ!"

متخصص گفت: "آنها در لایهٔ چسبناک روی دندان زندگی میکنند که به آن جِرم میگویند. این جِرم روی دندان شما به رنگ صورتی نشان داده شده بود. باکتریهای بد غذای چسبنده را دوست دارند."

X 5,000

"Yuck!" said Sahir.
"They live in a sticky layer covering our teeth called plaque. This was shown up as pink on your teeth. The bad bacteria love sweet sticky foods."

متخصص بهداشت گفت: "پس سعی کنید شیرینی کمتری بخورید."

"So try and eat less sugar," said the hygienist.

او به هر دوی آنها برچسبی داد و گفت: "این بخاطر این است که شما بچه‌های خوبی بودید. واگر آنگونه که بشما نشان دادم از دندانهایتان مواظبت کنید، دندانهایتان همیشه سالم خواهند بود."

She gave them both a sticker. "This is for being so good. And if you look after your teeth, like I've shown you, your teeth will always be healthy."

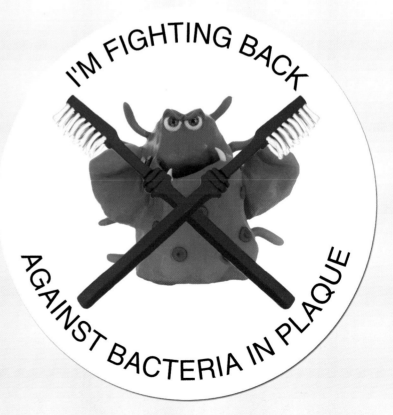

وقتی که از مطب بیرون آمدند، ساهر از پدرش خواست پولی را که فرشته دندان داده بود به او برگرداند.

پدرش گفت: ”آه، میخواهی یک بسته بزرگ شکلات بخری.“

ساهر گفت: ”به هیچوجه پدر! میخواهم یک ... مسواکِ نو بخرم!“

As they left the surgery, Sahir asked Dad for the money the tooth fairy gave him.
"Ahh," said Dad. "You want to buy that big bar of chocolate."
"No way Dad!" said Sahir. "I want to buy... a brand new toothbrush!"